我偷看了潘柏霖的限時動態

2015.11.01 - 2018.04.26
恐懼先生

潘柏霖

寫詩寫小說,和其他東西。
曾自費出版詩集《1993》、《1993》增訂版、《恐懼先生》、《1993》三版、《人工擁抱》。
啟明出版詩集《我討厭我自己》。
尖端出版小說《少年粉紅》、《藍色是骨頭的顏色》、《不穿紅裙的男孩》。

12 童話 I
14 不要急,總會有辦法的
16 車禍的現場
18 真相只有一個
20 人工擁抱
22 不會有好事發生在我身上
24 不要抱我,我會怕
26 我到底哪裡有問題
28 我不知道你在不在
30 我又夢到訓詁學被當掉
34 童話 II
36 我不是你的填充布偶
38 我警告過你了不是嗎
42 我想我應該值得恨你
46 看看他幹得好事
48 就算世界末日了也還是要吃飽啊
50 你是被愛的
52 二十四自述
54 總是在你睡著後才想起答應過你要記得的笑
56 相愛的現場
58 每次有人說「你是個大人了」我都想變成異性戀
60 沒有說不要不代表就是要
62 我現在比較可愛了
64 每次有人說「你要快樂」我都只想揍他
66 我也只能這樣
68 世界末日了我想給你抱抱
70 你記得,怪物很稀少的世界

72 裸
74 好想被人擁抱
76 厭世
78 消極男子
80 我們一起看了那部電影
82 每次有人問「你是誰」我都忘記自己是誰
84 不愛的現場
86 你不需要成為更好的人
88 今天做了好多事情
90 現在，我可以想起你了
92 童話Ⅲ
94 極限
96 我有很多朋友
98 日子有天會比今天還要適合的
100 我們沒有關係了
102 我害怕我自己
108 我可以告訴你的那些小事
110 每次有人要我自我介紹我都想尖叫
112 我喜歡穩定的事情
114 一分鐘教會你如何拜訪恐懼先生
116 恐懼先生
128 我恐懼所有令我著迷之物
130 真正喜歡的東西是不會呈訴別人的
132 好希望你看看我那時候的樣子
134 一版後記
136 增訂版後記

童話 I

很久很久以前
你愛過一個人
之後遇見的每一個人
都變成盜版的

你只愛一副身體
一張臉孔
你把所有你想要的人
都塞進裡頭
你把你自己的愛
變成了惡魔

你是真的喜歡他嗎?
還是你愛的只是他,
在你腦袋裡的樣子?

不要急，總會有辦法的

☑ ← 根本常常忘記用

找一份穩定的工作
常常更新社群網站
一個月至少要開懷大笑一次
每天運動
減少生病
擁有可以好好睡覺的體質
每天照一次鏡子
買一件好看的襯衫
在大街上跳舞
大聲地在廣場唱歌
躺在馬路中央睡覺

遇到總是亂說話的人，直接叫他閉嘴
相信一個手裡拿刀的陌生人
當有人問我「你還好嗎」不要馬上就想逃跑
討厭夏宇
出版五本以上的詩集
完成幾部好看的BL小說
寫好一則自我介紹
所有的詩句被抄寫、出版、朗誦時都不再被隨意斷句
寫好看的字

← 為什麼刪掉這句？

「記得寫幾句溫柔的話給未來的自己。」

可以了♥

定期清掃整理房間
把不會用到的東西都丟掉
找到一個人用節省的方式好好愛他
有資格結婚,但不一定要結婚
去乾淨的大海游泳,過一個不怕曬傷的夏季
用望遠鏡指認出一次夜空中的星座
參加朋友的婚禮
把握文字,認真看待說出口的每一句話
不再怕死

也不害怕就這樣活了下來
不再想要
討人喜歡
停止每天與自己心中怪物的鬥爭
找到出口逃生
而不是總想要
把自己取消

對自己更溫柔一點

那天同遊
小王子和另一個人♥

分手後第3天 :'(

車禍的現場

1. 你的脖子被他掐著
他看著你，他知道你不會掙扎
你們都知道
是你活該

⇓

所以你就不努力了？

2. 他在你體內埋了炸彈
他的指尖是觸發按鈕
你的靈魂開始融化

3. 融化是這樣的事：
你以為你是完整的
後來並不

「愛是鬼屋——
進來的每一個人
都不准離開」

4.
原來不能呼吸
和不能愛
是一樣的

5.
不是說生物都會有
求生意志的嗎
為什麼你終究沒有
阻止他的進入

6.
車禍的組成要件
不是故障的紅綠燈、酒精、藥物或是性別
是車和車禍
他是車
你是車禍

Richard Siken
"Crush"

真相只有一個

我們還是休自己？
↑

我們說謊
為了圓以前
沒說好的謊

為了讓喜歡的人
誤解我們
是他們喜歡的模樣
為了符合社會
對成人的想像

我們說謊
為了埋藏自己
血管裡的字
那些字太特立獨行
會劃傷大家

我們說謊
為了讓生活
看來不那麼膚淺
為了讓別人的日子
過得更順暢

我們說謊
為了那些我們終究
錯過的日子
錯過的人
錯過的故事

我們說謊
因為在大眾前笑
比在大眾前哭
還不難堪
因為解釋自己
為什麼要哭
只會讓自己
更加悲傷

我們說謊
因為誠實
要付出太多代價

「我不會再遇到跟你一樣特別的人了。」慘∵
「每個人都是特別的吧?」渣∵

人工擁抱

1. 我可以打贏自己內部的戰爭
和另一個人正常生活
看見蘋果就是蘋果
不去想番茄

2. 只要有愛
就能戰勝一切
繳房租水電瓦斯伙食網路手機費
不再說謊
阻止車禍
預防衰老
永遠在一起

到底為什麼一直番茄蘋果？
是不是沒梗？

3.
小熊布偶只要深信
自己是熊
就有一天
會變成真正的熊
沒有心的人
只要你擁抱他
也會長出心來

4.
果肉比果核
還要重要
果肉可以吃
果核只是廚餘

5.
神從天上灑下了
許多糖果
你不要急
每個人都有

「壞掉人生的十一種暫時配方：

看醫生吃藥/醫學美容/超級市場散步/運動/
吃雞排/不再看他的限時動態/早睡早起/
穩定工作/閉上眼睛,單腳站立/暫緩邏輯/
相信詩,不相信便宜的敷衍」

不會有好事發生在我身上

你想要天晴
想要有一種藥
可以把自己遺忘
想要大笑

你想要大麻
想要剛好的憂傷
想要可以控制的疼痛
想要被理解
不想要被理解太多

你想要跳舞
想要有錢
想要擁有美好的身體
想要在街上尖叫
想要所有人都看著你
想要被他看到

井大麻合法化 ♥

「為什麼不相信會有好事發生?」
「因為那比較真實,相信有英雄會來拯救自己,那叫痴心妄想。」
「像我這樣?」
「我沒有要——」
「但只相信壞事會發生,不也是痴心妄想?」

你想要揮霍
想要有人
可以在你摔跤的時候
與你一起跌倒
你想要,需要,他必須要在這裡
但不是現在
也不在這裡
你想要快樂
你想要
把自己取消

不要抱我，我會怕

我需要電影
讓我相信
人生是值得活下去的
還需要電影評論
讓我相信人生沒有那麼甜美
也沒有關係

我需要披荊斬棘的勇者
讓我放心
當我被魔王綁架
會有人把我拯救出去
我需要常常趁火打劫的村民
讓我知道
魔王不是這世界上
唯一的黑影

我需要流星
能讓我說服自己
離開的人並不是真的離開
只是從這裡
抵達另一個地方
在那裡定居

這真好無聊‥

我需要字
來挑乾我靈魂的粉刺
需要深色的墨水
才能幫我灌滿
粉刺拔空後我靈魂的洞隙
我需要寫詩
讓我找到世界
還沒被其他人發現的秘密
我想要把那些美好
送給自己

「如果打砲吃藥談戀愛就能拯救靈魂的空洞的話那我早就是完整的人了——不管好的壞的都像有個網子和你隔開，它們進不來，你出不去，你是空心的，裡面什麼都沒有，杯底破洞，好不容易擠進來的蜂蜜，全部被螞蟻幹走。」

我到底哪裡有問題

有人對我好
我就想跑
不知道他為什麼
要給我糖果

有人討厭我
只想把僅存的蜂蜜
全數給他

花太多時間想知道
是不是自己做得不夠好
是不是小時候偷吃了別人的巧克力
沒有說實話／書讀太少／太喜歡疊自己的積木
喜歡他／喜歡她／喜歡水母／喜歡櫥窗式全裸
才會現在走得再慢
都容易跌倒

那些不會喜歡我的人
把我關進箱子
往我身上插劍
他們笑了
我以為我終於夠好

「我想要漂亮。我當然知道漂亮是社會建構的概念，我知道漂亮是重要的因為父權結構下好看的東西被當成珍貴的貨幣，我知道我就是在物化我自己。我當然知道有更重要的事情應該焦慮。全球暖化，沙文主義，異性戀霸權，性別，性向，和性相關的歧視。種族滅絕，抖音入侵，珍珠奶茶口味的比薩和他媽的到底為什麼我的存款這麼少？但每當我看到鏡中的自己，我唯一想到的只有，幹。幹，為什麼我不夠好看？」

「怪物」到底是什麼？

我的花圃被燒成焦土
我的夜晚成為密閉的海
我回到沒有門的房間
我變成自己的怪物

我不知道你在不在

不要傷害我
如果我難過了
就在我的身邊
抱一抱我
我需要的其實不是擁抱
是藏在擁抱裡的
那點什麼

教我怎樣和你跳舞
看到你的時候
手腳都不聽我的
地板也被抽走
我整個人懸空

我想睡了的時候
和我說晚安
問我早餐要吃什麼
叫我起床
和我說聲早安

關心我好嗎
問我怎麼了
如果我說沒什麼
就再問一次
再問一次
如果我還是
沒說什麼
就告訴我你在想什麼
告訴我那些我不知道的
告訴我你過得怎樣
吃了什麼
你在想什麼
有沒有在想我

「很多人會以為親密感是靠性來的，因為性或許是人最接近全裸的時刻，但我並不認為是那樣的，我認為親密感是，你們可以坐在沙發上，不用靠很近，也不用離太遠，就是坐在兩邊，不碰觸彼此，你知道他在這裡，他知道你在這裡，你知道你可以告訴他，你現在很難過，你可以告訴他所有事情，而不用擔心猜疑他未來會拿這些資訊當成傷害你的武器。我認為親密感是這樣的，它需要赤裸，但不見得需要靠性。」

你到底是不是根本不喜歡性？
到底

我又夢到訓詁學被當掉

又一次
我又夢到訓詁學被當掉
我知道是我面對你
總不合時宜
關於你的記憶，我總是
小學而大遺

好像是我不夠熟悉
那些字的歷史
所以寫給你的字
你都以為是給別人的

你能告訴我
愛的歷史嗎
當第一個人拿了貝殼
給另一個人
他們有意識到
貝殼不再只是貝殼了嗎

海洋有海洋史
字有字史
甚至家族。家族有家族史
但你不在我的家族史中
過了很多年之後
我們之間是不是就沒有歷史了

潘柏霖最♥這首

那心碎呢
哭泣的歷史呢
我聽過一個故事
第一個爬上岸的生物
哭泣的聲音
就藏在貝殼裡
我知道那不是真的。因為
你曾經是我的岸
我曾經不需要海。可是
現在我回到海裡面了
我們，在不在上面
愛的歷史。我想看看
用我聽得懂的語言。告訴我
你能向我解釋嗎

我給你的貝殼
你要收好
裡面有我的快樂
我第一次被你看到的
那種快樂

我現在住在最深最深的海底了
歷史不能靠近我
愛不能
你也不會。

人工擁抱

童話 II

你在谷底
有人經過
停下來看了你一眼
你以為那
就是愛情

「有個人我只是
看了一眼
就覺得
和他認識了一生
我以為我童年的遺憾
是沒有遇到他
在那個時候」

↑
你是真的喜歡他
還是只想被人擁抱？

我不是你的填充布偶

如果你愛我的靈魂
那你會愛我的身體嗎
會愛我的孤獨
愛我的火山
愛我的海嗎

還是你只是想觀看我
看我原地為你跳舞
看我跳到衰竭
看我沸騰

你會留下來陪我嗎
還是你只是路過口渴
坐到我身旁
和我借了水
就順便
把我的時間借走

你要愛我嗎
還是你只是
靈魂也有太多缺口
你是不是以為我有那麼豐盛的魂魄
拿走我幾塊
我也還能夠活

好兇 :(

你是討厭戰爭
還是只害怕
自己受傷
所以先撤退
聽不到對方哭喊
你就不會痛了
你知道自己
只是軟弱吧

你知道你
從來都不是那種
可以讓人幸福的人吧
你不過是穿上人皮的野獸
你甚至比我的愛
還要醜陋

「你知道為什麼你靠近我嗎？因為我是個好故事。我是一團你可以用來塞滿你空洞靈魂的棉花。你裡面什麼也沒有，你用我來感覺，來假裝自己好像還在乎什麼。」

感覺做作，人很差。

我警告過你了不是嗎

說不要你來
你就不來
那也好啊
你就不要來吧

你就不要
再靠近我好了
不要移動
就站在那裡
就地融化
就地回收
就地讓影子
鑲進牆底
把你黏在原處

你說你就是
很愛自己，嗯啊
好像是吧
但講真的
你不過就是
自私而已
把所有的糖果
偷藏起來

好兇2 :(

連我血糖太低必須要吃
都得求你
你連糖果紙
都不留給我

「我不知道」
講起來多好聽啊
我不知道
這樣說你會難過
我不知道
你那麼需要我
我不知道
你是真的想要一起抵達那個未來
我不知道
說謊你會痛啊

反正你給的謊
我也都吃了
蛋糕上爬滿的蛆
海中的劇毒水母
夢裡被垃圾噎死的鯨魚
好想吐出來
也來不及了

環保左膠？

我變得噁心
也是沒辦法的事情吧
你餵我的
俗爛惡物
都已經消化啦
想恢復原狀
沒辦法了啊

「你怎麼可以以為能夠暴露自己的缺陷和醜陋，難到你以為愛會像花蜜一樣滲滿蜂巢？你明明夠聰明，你怎麼會不知道他們吃了幾口就會對你厭煩，你以為你有才華就會被喜歡？你怎麼會以為自己能留住任何人？你以為你誰？」

因為你以為你是潘柏霖。

要注意的：

① 這是一本失戀之書
② 失戀的人無法誠實
③ 小王子到底是誰重要嗎？
④ 裡面的詩，和之前、之後詩集的關聯？
⑤ 潘柏霖很愛抱怨
⑥ 怎樣把自己虛構？

我想我應該值得恨你

我本來以為你
能帶我去
更好的地方
你牽我的手
我就以為
我可以
和你一起飛行

你卻帶著我
繞了一圈
看了那麼多風景
又把我
扔回原地

我想我應該值得恨你

我想我應該值得
恨你,把你切成
一百片碎塊
卻又想起
每一朵更美的花
更乾淨的湖
更神祕的傳說
我再用力塞

好兇ㄋ :)

也擠不進
我的小包包裡

我曾經那麼
急著變成你
偷穿你的大衣
用你的腔調
在我難過時
安慰自己
日子終究也沒有
更好一點
或更貼近你

沒錯,對。很好笑吧
哈哈哈哈
我曾經以為
你就是勇者
我是魔物
我應該
是你的命運

我想,我應該
值得恨你
只是我已經

「也許你真正擔心的是,如果你不把記憶裡美好的他刪掉,你整個人就會被他的陰影吃掉。」

不再夢到
我們躺過的
那片草皮
或你說過的
那些笑語

我想起你
也只是
很淡的淡的
想起而已

只是就算忘記
也好像不能代表
我就已經釋懷

明天,我要 ___
①成為更好的人
②變成動物
③把你的頭砍下來當茶壺
④帶你去看海

看看他幹得好事

我擔心我會在乎你
但不能像以前我在乎別人
那樣在乎你
擔心有人把我變成
現在這個
我不喜歡的樣子
我擔心是我把鑰匙給錯了人
被侵門掠地
將我所有的星星
都給摘去
釀成他的黃金

我擔心我想責怪他
卻仍然試著相信
他不是故意
不是故意餵我吃下
那麼多發霉的糕點
不是故意在怪物抓到我時
站得遠遠地
深怕打擾怪物進食
擔心他真的故意
把我一個人
丟在這裡

好兒 4 ;^;

擔心是原本的我
允許了他人的遺棄

擔心我會愛你
但不像以前我愛別人
那樣愛你
我擔心我會開始先選擇自己
先保護自己
先決定自己值得活下來
其他人都污染空氣
我擔心接下來的我
會愈來愈不像自己

「有些人我
　認識了大半輩子
　還是不記得
　他們的名字
　他們的臉
　不在乎他們
　想要什麼
　」

就算世界末日了也還是要吃飽啊

雖然每天醒來
都寧願世界
直接毀滅就好
也不要忘記還是要勇敢
還是要善待大多數相遇的人
記得對自己比以前
更好一點

要愛自己
需要擁抱的話
找個人來抱
如果喜歡
就把他留下來
不要讓他離開

就算明天
世界就要毀滅了
也是得努力
把該做的事情
都給做完
才能死掉

即使自己就算是消失了
也沒人在意
還是不可以
停止存在
停止思考

要學會花錢
學會盡力
學會如果跌倒
真的很痛
就暫時不用站起來
要學會放棄
學會可以
隨時遠走

但記得如果有一件事情
還很重要
就不要逃跑

「你當然可以跳下去,可以跑走,阻止所有感覺,只要放棄一點點作為人類的黑暗就好。挖出那個讓你滲漏的部分就好。沒有任何感覺很美好,很輕鬆,不在乎是最強大的魔法。但要知道無論你跑得多遠,悲傷都會找到縫,鑽回你裡面。」

但如果沒有感覺,不好嗎?

你是被愛的

我有很多話
現在只可以
自己告訴自己
要記得刷牙
早一點睡
遇到困難的任務
慢慢做好
你擔心的壞事
都不會發生
如果真的發生了
要記得笑
要記得有人
會陪你的
你不要太想逃跑
你要勇敢
記得留在
你愛的人身邊
記得誠實

分手後第一天 :)

記得要溫柔
記得不要猶豫太久
記得你是特別的
記得可以赤裸
記得要好好快樂
記得要好好難過

「欸剛剛是我太激動了對ㄅ——」
「你好這裡是讀冊生活,你先前的訂單變成分期——」
「啊?」
「你好這裡是讀冊生活——」

↳ 以為分手沒多久對方打來道歉,也太好笑。

二十四自述

他不在這裡／我需要的比現在更多／日子已經夠好了／無法建立健康的親密關係／不太好看／很想被誰擁有／成為了別人衣櫃中的怪物／被自己說服自己是假的卻發現自己是真的／不是太好就是大壞沒有普通／成為理想的自己是不會自在的／轉速過慢，被遺棄感太強／不想被靠近也害怕一個人／想吃巧克力但是別人主動給的就不想吃／在需要逃跑的時候卻總是卡在原地／真正重要的東西從來都不在地圖上／不會再被更進入了／很多時候再多愛都沒有用／我和他再也不會說話／世界末日早就來過，並且把自己留下來了／養過的魚一隻一隻游走／不喜歡穿衣服也不喜歡被看到沒穿衣服／寫作是背著自己的未來和以前的愛人不斷生下長不大的小孩／愈想吃糖果，吃到愈多蟲／被誰所愛

「你有沒有那種每天去工作都覺得哪裡說不上來不太對 明明客觀來看你現在擁有的一切都很好你有一間很好的辦公室桌上有好看的盆栽和伴侶的合照, 你大多努力都有回報但沒有一件事感覺是對的。 你不想和任何人相處你下班就不想說話你 對你的伴侶做的任何事都開始厭煩 明明以前很喜歡的現在都只覺得煩你看什麼都不順眼 每一個人都讓你著火?

我常這樣想,但我24歲了,我知道我沒有工作,那個工作就是我,我就是那個工作。」

但你現在已經28歲了柏霖 :;

總是在你睡著後才想起答應過你要記得笑

這是最後一次
我不會再寫
和你有關的字了
這是我最後一次寫下
讓我害怕的東西

一路走來辛苦你了
有你的日子我很幸福
我會記住那種幸福
我會更在乎自己
像我為你早睡早起
那樣我會用力

幸好我還沒和你
抵達太遠的地方
沒有搭過火車去看海
去水族館看看水母
泡溫泉和旅館過夜
看一場讓我大哭的電影
也還來不及和你分享
我最喜歡的東西

⇩

到底多想看海？

說好的事情
都不好了
要一起長大的我們
沒有一起變老
本來是很難過的
誓言是那些示不被愛了的
被留下來了的
才會在乎的
而你走得太早
現在我知道了

「那個人也只是
看了我一眼
就把我的世界偷走
從此寸草不生
每個擁抱我的人
都燒成粉末」

相愛的現場

1. 維持不動直到
其中一人（通常是你）先動

2. 雨勢太大
迫使你和他共撐一把小傘
將氣象當成命運（深深感動）
但你的背包濕透

3. 他的一舉一動
都是糖果

真有這麼深情？還是只是一廂情願？

4.
你成為嗜糖的獸
糖果不斷融化
你趴在地上
尋找更多

5.
趕在世界末日之前
把安全屋的所有物件
都換成兩人份的

6.
不把他寫成詩
把他寫成詩
他就會變成別人的了

「你說你愛我。」

「但你太多了。」

「啊？」

「你就像是那種莫名其妙一直要往桌子邊滾的雞蛋。
我不可能每次都去接你，我也有其他我想接住的，
我也有我的生活，那些是你的痛苦，不是我的痛苦。」

每次有人說「你是個大人了」我都想變成異性戀

我會聽話
我會好好生活
我會吃一大份早餐
早點睡覺

我會吃藥
會欣賞將要消失的冰原
會參加派對
會和很多陌生人交談
會在很想要尖叫的時候
好好微笑

我會看一本
大家都推薦的書
會熟記裡頭的勵志短語
我會相信生活
會更好的

「如果你表現出任何情緒，
他們會說你在情緒勒索。
如果你不表現出任何情緒，
他們就要說你沒血沒淚。
你贏不了這遊戲。」

↑
你在情勒？

我會放掉
手中的氣球
燒掉衣櫃中的雜物
不再買樂透和對發票
我會成為一個
人見人愛的人

我會走一條
比較熱鬧的路
我會玩比較多人
在玩的遊戲
我會從今天開始
不再逃跑

但其實你還是一直逃跑吧？

沒有說不要不代表就是要

如果我說不要
你就不要
打開我的門
問我今天
心情好嗎

不要告訴我
外頭有人在等你
不要安慰我世界
還有好人
不要說挫折只是一時
快樂非常重要

如果我告訴你
我很好
你就不要再問我
你還難過嗎
有些答案
你問了，也不是打算知道

如果我沒有告訴你
我的一切
你也不要介意
憂鬱有時候
是只有一個人能前去的王國
你沒有辦法進來
那不是你的錯

有時候我知道
我就是個廢物
總是待在原地
不願移動
我根本不想長大

那不代表
我想要知道
你認為怎樣的抵達才真正
對我最好

1. 《人工擁抱》裡有：「我知道憂鬱是一個人的王國／我無法進去／只能等你自己進來(出來)／那並不是我的錯／只能怪我自己還是待在門外／等你把城門打開／已經太久太久(好好)」，為什麼要重複？是想修正什麼？

2. 我還是不懂，整本詩集如果是寫給小王子的他到底希望小王子讀出什麼？明明小王子也不會看了。

我現在比較可愛了

你開心的話
就說開心
難過的話別說還好
需要擁抱的時候
就小聲地說
抱抱我好嗎

有愛的人
就好好去愛
不愛了就說不愛
不要給太好聽的說法
也不要什麼都不說

不要隨便說愛
或者喜歡或者說
我只想和你一起看電視
一起變老
承諾是太好吃的糖果
很難戒掉

真的到底多愛抱抱？

「最近養爬蟲發現的一件事是，牠會記得你對牠的傷害，而傷害和疼愛不能抵銷，你所能做的只有在飼養過程不傷害到牠，建構信任的方式是每一次你的出現都沒有傷害到牠，如果你踩過牠尾巴，牠不再信任你，那是你的報應，你不被牠原諒，你不能埋怨牠。這不是我最近發現的是，我發現的是，人是可以因為愛過一個人，就不再願意愛一個人，因為一個藝術家傷害過他，就再也不願意看到他的作品。」

↓
廢話一堆，你就是在埋怨⋯

竟然被愛了
先小心地退一步
再說謝謝
知道愛是隨時會爆炸的彈藥
如果抱住了
你要收好

每次有人說「你要快樂」我都只想揍他

我羨慕一些人
擁有柔軟的床
蓬鬆乾燥的絨毛玩偶
和尺寸剛好的抱枕
可以好好睡覺

羨慕他們閱讀勵志書籍
就知道生活
應該怎樣過下去
認為旅行幾次
就能找到自己

羨慕他們成為戀人時
便虔誠相信
如果自己跌倒
會有人和他一起墜落
要是難過
會有人總是待在這裡
哪裡也不會去

羨慕他們不清楚回憶
能夠自動變形
愈是想要看清
它愈是變成任何人
都沒見過的東西
羨慕那些一人不知道
每天要離開床
走出大門
需要多少勇氣

「小時候我以為長大後那種感覺自己怪異,疏離,在哪個格子都不對勁,自己不夠好看,不夠討人喜歡,總是站在自己外面的感覺就會消失,長大就像是在喊停,到此為止了,傷害該停了——但沒有,無論我跑得多遠,有些痛苦就是,有些痛苦就是長在裡面。」

但會不會是你跑得太慢?

我也只能這樣

你能告訴我
你的傷心嗎

你的海和我
有一樣的顏色嗎
你的語言是不是
有去無回
彷彿從未抵達

你跟我一樣
擱淺在這裡嗎
將一把可以開門的鑰匙
給錯了人
常常一開始以為
能被彼此充滿的
最後卻全部
都流掉了

你也跟我一樣嗎
因為一棵樹
忘記一片森林
因為一隻魚
撈乾整片的海
因為白牆上的一塊黑漬
放火燒了這間屋子
因為一首詩
而開始寫詩
因為一場雨而發現自己
喜歡乾燥

也因為愛一個人
再也不能愛人

「是我只喜歡那副身體
那張臉孔
把我想擁有的
都塞進裡頭
我以為那是愛情
我製造了一個
又一個他的複製玩偶」

⇐ 渣男！

世界末日了我想給你抱抱

就算鞋底
走著走著就磨穿了
路還是得走
日子還是得繼續過
成堆的帳單得繳
要餵貓
如果衣服破掉
要用線縫好

屋子髒了
還是得打掃
全球暖化
口渴時要找飲水機
也還是會繼續
讓更多的北極熊
無家可居
讓你在夏天仍然非常
想開冷氣

日子也還是
會繼續
難過下去

啊，對了
就算很難過
也還是要擁抱
有喜歡的人
還是要早早
讓他知道
也許他可能
明天就會死掉

雖然被沒有心的怪物
咬了一口
還是要記得
不要變成牠們
就算很痛苦
也不要忘記
愛這件事
非常重要

「
明天，我就可以 ──
① 把川普忘掉
② 善良
③ 好起來
④ 跟小王子一起看海
」

我記得在《人工擁抱》
裡，你們沒有去看海。

你記得，怪物很稀少的世界

嘿，你記得那天
你第一次對著愛了的人
大吼：我想要你
他也要你
小麋鹿在你的血管中
跑跑跳跳嗎

你記得你在幼稚園時
想到死亡
以及死後的城市
在幼稚園的睡袋中你嚎啕大哭
老師問你怎麼了
你卻一個字也說不出來
那是你第一次
看見怪物

嘿，你記不記得
你曾經還不會失眠
很少看到日出
每一次新年守歲
把紅包壓在枕頭下
希望每個你愛的人
都活得更老
但你卻總是
十二點前就睡著

你還記得嗎
你買的第一本詩集
那些你根本還讀不懂
但你珍藏起來的字句
你有多久沒有
像那樣子
相信過一個人了

嘿，我發誓你不想記得
但也無法忘記
唯一一次你喝掛自己
抱著一個人
笑到和他一起跌在草皮上
第一次你的裡面
被那樣撞擊
他在你的身上
寫下自己的名字

那時候你還以為
被警察逮捕的
就是壞人
愛你的人
不會對你說謊
世界是分成兩塊的
你可以決定
自己站在哪邊

「你可以推敲出合理邏輯正確的回答和自己感受的說法因為你很聰明你知道應該講什麼話應該怎麼講，但邏輯智識不能代謝你的情緒，你泡在一座湖，形容另一座湖——你必須在兩個湖中游泳。

還是其實你想在兩個湖中游久了，你就能接受，原因是不重要的，你不被愛了，你不再重要了，你就會放下他了？

裸

1.
你想要自己
是好的
但你不好

2.
更不好的是
你就站在這裡
但沒人看到

3.
可是誠實很難
大喊「我很不好」
這件事情
比男人
要變回少年還難

「櫥窗式全裸」
到底為什麼一直脫光？
多不愛穿衣服？

4.
你在等
有人不用你說
就知道你

5.
你在等
有人知道你
而沒逃跑

到底是多喜歡「裸」這個字?是色狼?

好想被人擁抱

有些人
把你的海弄髒了
從此你的世界
不能下雨

你已經忘了
上一次
和別人對話
是什麼時候

你定居在
沒有門的房間
不太敢出去
也不準備
讓任何人進來

你好的時候
太好了
想全裸到街上跳舞
壞的時候
太糟

又裸???

你有時候
很想知道
那些你愛的
且愛你的人
過得怎樣
衣服穿得暖嗎
有吃飽嗎
日子有沒有
比從前還好
但你不可以靠近

你的世界
太乾燥了
被別人輕輕碰到
就會碎掉

其實只是因為你有那麼多愛，你不知道該給誰，
你只好全部給他。但你根本沒想過他需不需要。

厭世

有人以為
我總是想死
其實並不
只是在
好好活著
的路上
我走得很慢

　　　　　　　　　　　　　　　　　　　　　　　靈魂？
　　　　　　　　　　　　　　　　　　　　　　　　↑
「我也不真那麼想死，只是有一點，你知道，就像是白上衣沾到
一點番茄醬，為了要把那片紅漬弄掉，你一直用菜瓜布搓，
搓到最後你的白上衣就'整個破洞。」

消極男子 ♥

不是對世界
無話可說
只是真的覺得
說了也不會
有太多不同

並非不願意
和人交流
只是很多話我說了
你說了
那然後呢?

也是想要和大家
一同出遊
只是要離開房門
走到大街上
需要太多動作

對成年生活
也有過許多願望
想繪製一張地圖
讓所有的人
都有居所

成年之後
看著手中的地圖
卻不知道自己
該往哪走

我們一起看了那部電影

我和你一起看了那部電影。可能有一幕好吧我承認好幾幕。我想起你但你不在這裡。你和我坐在不再相鄰的位置和別人一起。

我和別人和你一起看那部別人的電影有格畫面停在主角們牽手在鏡頭左側旋轉（他們好快樂啊）。我確定那時候我有想你

我確定我有想起你在那個旋轉在那個笑聲。被你拉起的我後來掉下去了。終於明白為什麼我從來都確定翹翹版是童年中極端殘忍的發明

一起去過的湖，後來結冰了主角看著爐火哭泣。那時候我有想你想你那麼聰明。你不可能不知道吧我也在這裡。

「夜深有人吻了我，我在關燈前傳了訊息給不在這裡的他，是一張我拍他側臉看海笑得好好看。我附了一行文字：看到你的第一眼我就該知道你會毀掉我。」

↑
恐怖情人？

「那天去看那部電影，結束後我沒有哭但非常喜歡，兩個主角在牆角轉來轉去，我多希望他們就飛起來。走出影院，看到剛和我分開的小王子就在對面，我希望他是一眼就看到我了，像我對他那樣。小說原作我還放在他家，大概不可能去拿了。有些快樂也是一樣。」

《以你的名字呼喚我》

你知道最可惜的是什麼嗎？不是你在那裡，我在這裡。是電影主角一樣沒有一起變老，但我們應該要一起變壞的，為什麼會淪落為各自爛掉。

但好像也不真的那麼可惜。或許是我搞錯了。可惜的應該是，你來過，我成為奇蹟的見證者。你走了，我成為奇蹟的不在場證明。我不能死，而原本我是可以死的。

存在過的證據。我不能死，我是你的不在場證明。我是奇蹟的見證者。可惜的應該是，你是奇蹟

對不起。哈啊，真的是最後一次了。應該是我真的弄錯了。可惜的應該是我們認識在和電影一樣的夏季。我不知道你記不記得但我和電影中被留在這個生活的主角一樣。我記得所有事情。

每次有人問「你是誰」我都忘記自己是誰

我以為我是人類
以為我會呼吸
就是活著
以為我會笑
就是快樂

我以為我愛你
就不會難過
以為我讀夠多書
就能解開一個人
之所以傷害另一個人的謎團

我以為事情開始
就會有結束
以為我的生活是神創造出來
取樂自己小孩的實境秀
我以為陽光
不適合我

我以為會寫詩
不代表就是詩人
以為標籤就是為了誤導
以為聖誕老公公是
父母研發出來,控制小孩的怪物

我以為我是我
但我不是
很多時候我都會變成其他樣子
更多時候我看著自己
不確定自己是誰

「因為你喜歡你是對的。」
「這有什麼問題?」

「你喜歡那種知道自己比周遭人都更優秀的感覺,你喜歡跑到懸崖邊其他人都掉下去但你就是站在最邊緣。你幾乎只能擁有這種感覺。」

不愛的現場

1. 維持不動也是躲避殭屍的方法

2. 逃生包包被水浸濕了所有的餅乾膨脹,並且壓碎了唯一一把鑰匙

3. 他以幽靈的形式與你發生關係沒有留給你任何他的在場證明

4.
只靠一棵糖果樹維生
樹根泡爛了
活生生餓死在
滿地的糖果裡

5.
世界末日究竟是一瞬間
還是漸漸發生的
動物園的動物
知道這個秘密

6.
他眼中的星星
不是我的金幣

「我想我會終於喜歡這個生活，
有你的這個生活。」

結果就分手啦哈哈哈好慘

你不需要成為更好的人

可以和我
說說話嗎
我想知道
你最近
過得怎樣

我想聽你說一些
和我無關的事情
想知道你遇見了誰
吃了多少美食
最近喜歡什麼電影

想知道你喜歡的
一本詩集
想了解你
眼中的詩意

你知道
用力去愛一個人的話
心也會痛的
大笑幾聲不見得
就是快樂
就算跌倒
休息過後
還是得爬起來
繼續奔跑

你知道要活下去
清楚這些就已經
足夠了嗎?

日子有天
會比今天
還要適合的
如果可以
現在讓我先給你
一個擁抱

「之前在你走了後我寫的第一本小說,我講了什麼,希望不再想要成為更好的人,不是因為已經夠好了,而是成為更好的人的這個想法,是人類發明出來折磨自己的工具——這是錯的,因為我必須成為更好的人,否則我會無法容許自己。但這也是對的,我必須停止那個,如果我更好了,你會不會就留下來的想法。你已經不在了。」

嗯……

今天做了好多事情

我今天整理了房間
丟掉很多
我都忘記
在那裡的東西

寫了一首
自己很喜歡的詩
沒很在意
會不會被
其他人需要

去水族館
看水母群
它們死了就消失
在大海裡
不會被什麼人發現
我一直都很羨慕
這件事情

找到喜歡的人
讓他知道
他比無線網路
還更重要
也問了他
如果我不在了
他會不會知道

還花了時間
整理自己
把自己
清乾淨一點
比從前看起來
還要整齊

我覺得自己
好像比昨天
更勇敢了些
更赤裸了一點
已經不再
那麼想成為
更好的人

我今天忽然
覺得日子
還算可以
沒吃太多
也感覺夠飽

竟然做了一場不差的夢
醒來的時候
好像也沒有
拼命回頭

「你有了所有你原本想要的東西，現在你感覺 滿足了嗎？」

現在，我可以想起你了

所以潘柏霖搬家了？
↑

我不知道你
會不會願意記得我
記得我的笑容
記得我的憤怒
記得我的軟弱

記得我曾經那樣擱淺
完全不能移動
記得我尚未
像潮溼牆壁上的那些油漆粉碎
勉強完整的模樣

會記得我答應過你要記得笑
記得有段時間
你待我夠好
記得我曾經讓你難過
記得那個我們曾經決定要一起
住進的屋子
裡頭都還沒有謊言

記得我曾經
愛過一個不夠勇敢的人
愛得我必須把自己消失
只是為了確定
他不會來
他不會要我

我知道有些人
決定要走之後就不會回頭
但我會在意
所有發生在我和你
生命中的爆炸

我會記得你
我會記得我們
記得你來過。然後走了
記得以後我只能一個人勇敢
一個人難過

2021/01/07 ↑　　↗ 小王子

「想到昨天是你的生日，我竟然不記得了—— 我們好像沒有一起過過生日，對吧？」

所以是忘記比較好，還是記得比較好？

童話 III

恨一個人
就專心恨他
不要去想過往
愛一個人
就專心愛他
不要去想未來

「我還是想相信，如果我真的愛過一個人，真的，無論結果，都不要輕易懷疑之前的那些記憶，不要對自己沒有被愛的事實感到羞愧，重點是你愛過一個人了，不是自己——去愛別人，就是很勇敢的事情了。」

自以為是什麼夢幻少年競選宣言？

極限

最近常常
忽然想哭
不知道為什麼
有些更裡面的東西好像
破掉了

無法和他人
解釋自己
走路的時候只是一直
走向更遠
更少人去的地方
無法像以前那樣
相信地圖

每天醒來
都像是世界
沒發生過

你都做什麼讓自己感覺活著？

我有很多朋友

都被以為不在意
想說他們都錯了
但那又有什麼用

你不談自己
逃避世界
學習大眾的語言
勉強過上大人的生活
交了太多朋友
他們愛你
你知道他們
都沒看見你裡面
那隻怪物

你很在乎
事物本身
是什麼模樣
你本能地看見
大多數人的骨頭
你不過也是想被誰
那樣辨識指認
那樣圖窮

你愛的人
以為你應該
不需要他們
你的房間掛滿糖果

不愛你的人
告訴你他們愛你
把你懷中的糖果
一顆一顆拿走

你看過一部電影
劇終時大家都笑了
你卻只是大哭
你知道自己怎麼了
只是不知道
還能做些什麼

「我想拯救世界。」

「就算犧牲我，你自己？」

「嗯。我還是想拯救世界。」

「但那條線在哪？到底是你夠勇敢所以你犧牲自己拯救你在乎的人 或者 犧牲你在乎的人因為集體利益更重要. 還是你在乎的人太少了，你終於找到一個完美的藉口去死？」

有這麼多問題，難怪你沒朋友 :心:

日子有天會比今天還要適合的

我在這裡
你還好嗎
如果你好奇的話
我沒有很好

我知道你
不喜歡向他人
解釋自己
每次被問「你還好嗎」
就會不小心
把自己取消

我知道誠實很難
快樂很難。溫柔很難
學好文法很難
被喜歡很難
道歉很難
認同很難
被接納很難
在這裡,很難

好起來很難
認清「成為更好的人」
的這種想法
不過是人類
研發出來
折磨自己的幻覺
很難

你或許是
好不起來了
但那真的沒有關係
我也沒有很好

我一樣害怕睡覺
只是有吃飽
有時候會笑
還是想要自己好看
每一次面對人群
都還是很想留下來
也很想逃跑

「壞掉人生的額外臨時配方：

多在乎一些事情。當你人生只有幾塊地板，每少一層都像是地層下陷。人就只能承受幾次災難，我們總是高估自己的情緒耐受值，因為我們不信邪，我們不相信自己會失敗，因為我們笨，以為自己對壞事免疫，以為自己能繼續受傷。」

我們沒有關係了

你不會打給我
我們不會再說話了
我想要你知道
那真的沒有關係
變成我了
早已經消化
塞藥果糖
那些包針麵包
我都吃下了
你說過的謊

「你有我啊」
那麼美的話，現在
也爛掉了
只要是人
都會是一個人的
一個人失眠
一個人胃食道逆流
一個人住在
自己的孤獨裡頭

「你真以為自己在乎LGBTQ群體權益？
你有能力在乎任何人？你只是個空瓶，
想塞一些情感進去。但你根本感受
不到，你以為你愛我，你愛的只是你
自己，你只是想把你裡面那麼多情感，
塞回我裡面。你不需要我，我只是你
無處收納的情緒容器。」

↳ 你到底是非異性戀，
　還是男同志，？

你要照顧好自己
如果後來我難過
也不會再只是
因為你了
如果後來你難過
我也不在乎了

我害怕我自己

「不是都說好想認識我嗎?看啊。看啊。」

我的焦慮是一隻怪物,牠吃我的快樂過活/我的焦慮是如果我的皮裂開,我會真的是隻怪物/我的焦慮是人永遠無法誠實/我的焦慮是人不可能學會溫柔/我的焦慮是人只會愛自己,把自己愛到很窮/我的焦慮是我不知道快樂是什麼/我的焦慮是我沒有朋友/我的焦慮是每天醒來我都希望自己死了/但我還活著/我的焦慮是「難道我就是這樣了嗎」/我的焦慮是有天我大誠實將沒有人會靠近我/我的焦慮是我身邊沒有人可以被我逼瘋人都逼瘋/我的焦慮是沒有人會愛我/我學不會放手/我的焦慮是爐火鍋子裡頭正感受到溫熱的那隻青蛙/我的焦慮是這樣的焦慮會讓人覺得是照樣造句/我的焦慮是讓我開始無法對他人真正放心而這讓我更加焦慮/喔該死,幹,我的焦慮/我的焦慮是個小孩,它把我的靈魂從身體裡一塊一塊挖出來,只是為了好玩/我的焦慮是另一個小孩,它扯爛我的軀殼,只為了看裡面有什麼存在/我的焦慮是整個人生根本像了/我的焦慮是我永遠覺得有無線網路也沒有訊號的地方/我的焦慮是我的靈魂被綁滿鉛塊我完全不能移動/我的焦慮是遺忘和記憶的能力都不夠用所有日記都變成虛構/我的焦慮是開著一台煞車失靈的車子不是撞毀就是橫衝/我的焦慮是我就是車禍/我的焦慮是我手上有地圖我知道目的地但我還是不知道該怎麼走/我的焦慮是我知道抱有期待的付出是愚蠢的發明

> 所以你沒跟小王子過過任何節？

但我依然無法不期待任何東西／我的焦慮是我做到了也不會有人知道。不對，我的焦慮是我知道不會有人在乎／我的焦慮是午睡臉上的壓痕過一兩個小時就不再被提起／我的焦慮的消失就是大家總把我的靈魂掏走一大塊而你並不在乎／我的焦慮是你說「要愛嗎」但難道我如此恐懼每一個日常也沒去死還不夠愛我／我的焦慮是我用光了力氣在想要活著，但我活不下去／我的焦慮是如果我說我真的要走你也不會想要留我／我的焦慮來自我把自己剖開，讓你消音。不對，是你，我的焦慮是你把我消音／我的焦慮是寫了一本沒有人會想看的小說／我的焦慮是我在這裡大叫但所有人把我任選，但你一塊也沒拿走／我的焦慮是你讓我是我每一次看到別人難過我第一個念頭就是逃跑，但我卻沒有逃跑／我的焦慮是農曆過年母親節父親節聖誕節情人節以及任何節慶你在別人而不在我的身邊的焦慮是我根本就不喜歡節但我想跟你過節／我的焦慮是你我如此確信我就如此更加不能相信／我的焦慮是，對，我知道你很難過的時候你叫我去吃藥說那是關心我／我的焦慮是你永遠不可能在乎我像我在乎你那樣多／我的焦慮是我很擅長蓋房子我蓋好了未來的房子而你逕自把它拆掉／我的焦慮是我愛過你曾經是多麼美好的事情／我的焦慮是我已經經過了最好

好吵 1

的風景接下來的全都只有灰燼／我的焦慮是我會一直害怕這些事情／我的焦慮是我每一天醒來都非常想把自己取消／我的焦慮是我吃了藥但也不會好／我的焦慮是悲傷是糖果愈吃愈著迷戒除不掉／我的焦慮是自己總被留在原地／我的焦慮是我的時鐘是破掉的，數字全部流到別人體內，我自己什麼也沒有／我的焦慮是住在我骨頭裡的，它愈長愈大，我每天都痛到不行／我的焦慮是當別人想安慰我而沒有作用他們難過我反而得安慰他們「我其實還好」但該死的我就不好啊／我的焦慮是我拿不到任何糖果／我的焦慮是我窮到只能販售自己但只是滯銷／我的焦慮是我得要面對自己／我的焦慮是我正在失控／我的焦慮是愛你就是把摧毀我的權力丟給你而你接起然後把我毀滅殆盡／我的焦慮是我說的話都不可信／我的焦慮是我愛情的投影／我的焦慮是每一次的自我介紹／我的焦慮可能只是我愛情的投影／我的焦慮是總有人問我「你還好嗎」但我是他馬到底要怎樣回答啊／我的焦慮是我在這裡但你在那裡／我的焦慮是我為什麼我們要詮釋自己啊有誰真正想聽／我的焦慮是我無法讓你了解我／我的焦慮是你了解我以後就不會喜歡我了／我的焦慮是我一輩子都沒有結婚的資格，但沒人愛我／我的焦慮是事情開始了卻沒有結束／我的焦慮是我最愛的人搶走我最後一顆糖果給了他的愛人／我的焦慮是我的悲傷需要多數人的同意／我的焦慮是我是人類／我的焦慮是人類學不會善

好吵 2

待彼此／我的焦慮是太想要變得更好／我喜歡我的房間，我不想出去／我的焦慮是不會有人找到我／我總是覺得我會醒在別人的房間／我可不可以不要長大／幹，到底為什麼我們要長大我們可不可以不要長大／我的焦慮是我看見的世界是烈火、強酸和磨砂石築成的幻覺／我的焦慮是我看見的是這些可能都不是幻覺／我的焦慮是不會有人願意抱抱我／我的焦慮是我每天都不想睡覺只因為日子不會更好／我的焦慮是我明明很努力要找合群卻找不到人一起玩我是怪物／我的焦慮是體育課分組找不到人一起玩我／我的焦慮是我還是那個不斷跳舞，才能暫時把你忘記／我的焦慮是如果我把身分證給你，你就可以變成我／我的焦慮是我一停下來，你就又出現在我面前，把我抓回虛空／我的焦慮是我知道很多人都跟我一樣，但他們被稱為人，那我到底是我知道是什麼／我的焦慮是我努力拼湊自己，卻生來就缺了好幾塊／我的焦慮是我製造了抱抱機器，但它的擁抱仍然不夠／我的焦慮是我看完一個作品，想討論，卻不知道能向誰說／我的焦慮是我看見路上的人很快樂手牽著手我被牽了卻只擔心下一秒他會離去／我的焦慮是我卡住了而有人說「你只要向前走就好了」。對，向前走，我知道，我他媽不能移動／我知道卡住是什麼卡住就是我在這裡但我不能移動。我他馬不能移動／我的焦慮是我要成為但周遭的人都在笑／我的焦慮是除了創作之外我什麼技能都沒有／我總是在電影院大哭／我的焦慮是我要去那裡

好吵3

我但我還無法成為我我躺在這裡像是垃圾被所有人經過／我的焦慮是我要的沒有得到我愛的人們都有了別的愛人／而我還在這裡尖叫／我的焦慮是我他馬的為什麼你們沒看見我／我的焦慮是他馬的就站在這裡。他馬的為什麼我長大會這麼痛苦。而我知道他們可能也一樣痛苦。還是我在追求痛苦／我的焦慮是我知道人很寂寞，好我知道了，但寂寞有解決嗎為什麼我們還是他馬那麼寂寞／我的焦慮是我知道擁有答案還不夠，答案無法解決任何問題，只會繼續讓人困惑。我的焦慮是我總是要問「為什麼」／我的焦慮是他馬的到底為什麼

「所以這樣你認識我了嗎？」 沒有人想認識你･ඞ

「我每一場戀愛
都是他的投影

我假裝我不認識
那是我自己的惡魔。」

我可以告訴你的那些小事

我理解文字
習慣文法
知道什麼時候該斷句
不代表我就能說出
你想聽的話

不代表我就能
讓你看見我
讓你保護
讓你在想走的時候
為我留下來

我知道人
都是自己的孤兒
也知道未來我會遇到更多的人
會有更多的離開
不代表我想起你的時候
我不會難過

這首是湊數 :)

不代表我能真的自己告訴自己
不要急,總會有辦法的
你是被愛的
你不需要成為更好的人
日子有天會比今天還要適合的

也不代表我就可以
把你變成隱喻
就算再想把你忘掉
我也不願意
把我愛過你的這件事情
變成抽象

「總有一天
　我會擁抱黑暗」
擁抱黑暗就擁抱黑暗,廢話這麼多?

每次有人要我自我介紹我都想尖叫

我想要在屋頂
種植大麻
想要買下所有港口
讓海荒蕪

我想要寫出全世界
最新的詩
想要學習宇宙
無人知曉的秘密
想要愛一個
會愛我的人

我想要在大街哭
害怕的時候
可以消失
想要被遷徙到
適合的城市
遇見適合的人

#大麻合法化

我想要建造
抱抱機器
我想要隨時都
可以逃跑
我想要定居
在一顆蛋裡面
想要說話
想要說出真心話
想要留下來
想要找到勇氣
我想要離開

「你對他人缺乏好奇心是因為你覺得這世界上不會有人比你有趣，你自戀自大自以為是，你覺得全世界就你最聰明，沒有你沒想過的事，沒有停下來想，自己是不是不夠好？就算在你貧乏的自我理解中找到不好的東西，你也會找到藉口，反正別人也沒做好，你已經很努力了。你看這麼多人喜歡你做的東西。你知道為什麼你這麼容易無聊嗎？因為你看不起任何人的努力，你只看到自己，你無法忍受任何人在乎你不在乎的事情。」

愈看愈覺得潘柏霖人很差 :)

我喜歡穩定的事情

我喜歡穩定的東西
像是房子
像是文法
像是備忘錄
除濕機
適當薪資

喜歡睡覺
早起運動
軟綿綿的床鋪
厚厚的棉被
合身內褲
足夠的鹽巴
水母群
抗過敏藥
一整片海
自動販賣機
交換日記
極薄極厚的紙張
好聽的故事
喜歡小說裡面
總是兩個主角

戀愛100% ♡

喜歡能實現的承諾
也喜歡那些
太好吃的糖果
喜歡清醒
喜歡有人叫我起床
教室有位置可以坐
可以和一個人
躺在沙發上
不用一直說話
適度現實
適度虛構

我喜歡寫自己的詩
自己解決自己的問題
自己看別人的作品
喜歡認識別人
不喜歡集會結社
請不要把我變成文學社群

我喜歡一直
被你喜歡

「那時候我才17歲，
我不知道我的世界，
會因為遇到一個人而毀滅。」

但小王子那時候應該也23歲了
所以有另一個重要的人？
他是誰？

一分鐘教會你如何拜訪恐懼先生

我不會追公車
也不闖黃燈
如果綠燈只剩下十秒
也不會狂奔
你可能
常常需要等我

如果你想認識我
你要踏破鐵鞋
前來找我
我不一定會見你
但如果你不來
我沒辦法靠近

如果你要敲門
就要耐心
站在那裡直到我把門打開
我的動作很慢
我要花上非常長的時間
才能讓你進來

如果你要進來
就不要再忽然移動
我會不知道
你是要留下來
還是打算逃走
如果你要留下來
你就不要離開

「愈早相信自己永遠不會被愛愈早解脫。」
「但我愛你啊。」

潘柏霖你怎麼就信了呢？

恐懼先生

「你不是說你想識認我嗎?」

「看啊。你看啊。」

↑是不是瘋了?

1. 我每天出門
都害怕有輛卡車從天而降
我不怕它壓死我
我怕它砸中我
但我沒有真的死掉

2. 我每一次和人擁抱
都要小心翼翼
我總是擔心
我一不小心
就會把對方弄碎了

3. 我害怕我的愛人
他看著我
害怕他有一雙火眼金睛
能看穿我是披著人皮的怪物
我害怕我沒有愛人

4.
我害怕打開衣櫃
恐懼我的童年躲在裡面
背景是彩虹、獨角獸和仙女
他用天真甜美幸福美滿的故事來誘惑我
想要偷走我的生活

5.
每一天走在路上
我頭都低著
我要很仔細看著柏油路
我要確定我走的每一步都是實心的
我不要走著走著就跌進某個洞裡
變成別人的夢

6.
在街上路過算命師的時候
我都要拔腿逃離
我害怕路過他
他會大聲地喊著我的名字,告訴我:
你還有幾年夭命要活

① 這本詩集的第一首詩

② 這首詩做成秘密頁,一版一直被當成是瑕疵書。

③ 小王子沒看過這首詩

④ 這首詩開始的詩,你和小王子還在一起。

7. 逛水族館的時候總是擔心玻璃會破掉自己會被水壓輾成平面人物變成一張很薄很薄在那些魚的眼裡的超營養飼料

8. 翻書的時候總是懷疑這是一隻怪獸牠會把我吸進牠的胃裡在那裡我會遇到許多比我更早被吃掉的生物以前我哈哈大笑地那些陳腔濫調故事主角就變成我

9. 白天出門總是拼命回頭確認影子還有沒有輪廓我知道他一定會趁我不注意的時候逃走因為我這樣的生活沒有任何東西可以承受

「不要離開我，你是我的金魚。」

10.
和別人說話
不能直視對方眼睛
因為擔心會在對方的眼睛中
看見一個小小的人類在裡頭呼救
更仔細一點看
會發現那個人是我

11.
在我的想像公寓
我與一個殺人魔戀愛
我害怕有一部份的我會永遠
想要和他一起逃跑
另一部份的我將永遠憎恨
這樣的自己

12.
在我的想像公寓
我從前的愛人
住進去之後就不曾出來
我總是好奇他們抵達了哪裡
多數時候我希望他們活得很好
偶爾我害怕他們真的活得很好

想當好人的壞人

13.
在我的想像公寓
我有一面無限延展的電視牆
每當我與一個人分開
他的影子便會從此住進方格裡
被我重播，不斷剪接
演繹我記憶中的劇情

14.
在我的想像公寓
我養貓
我的貓咪
牠們永遠不會死去
這裡的都市不用更新

15.
我害怕長大
我害怕有一天我必須像其他人一樣
放棄我的想像公寓
搬到一個朝生暮死的城市
住進別人的房間
變成別人電視牆上的風景

16.
有時候我會懷疑
自己是隻殭屍
罹患了「以為自己是人」的病
每一餐吃下的人腦
都被病毒欺瞞成馬鈴薯
花椰菜、炸雞、乳酪條和巧克力

17.
每一次走到湖邊
都很擔心湖中女神浮出來
我擔心她會逐一清點
那些我根本沒發現
我早已不再擁有的東西：
「青春、朋友、愛人、自己」

18.
我從小就不相信浮士德
不相信魔鬼
我不相信會有生物
願意購買我的靈魂
我的靈魂是一座無人觸足的廢墟
我每天醒來
都嗅到發臭的氣味

19.
天黑的時候
我就害怕有怪物
會從衣櫃、床底和天花板的隙縫爬出來
天亮的時候
我害怕我自己

↗ 回應〈我害怕我自己〉為什麼？

20.
我不敢戴眼鏡
我不想把人看得太清楚
我害怕我會看穿他們
其實並沒有心

21.
不敢太靠近鏡面
擔心會跌進鏡子裡
從此必須不斷模仿
別人的動作

22.
有些人把鑰匙丟掉
是因為知道回來的時候
一定會有人在等他
我把鑰匙丟掉
是害怕自己被別人丟掉

23.
如果我擁有超能力
希望不要是隱形
我擔心有一天我的能力會失控
我會就這樣不見
但不會有人想到要來找我

24.
我把電腦的鏡頭用膠帶
黏了好幾層
我不想被人發現
我除了電腦前面
沒有別的地方可逃

25.
洗澡的時候
不敢閉上眼睛
害怕一不小心就被沖進海底
在那裡發現自己
原來是半人半魚的怪物

26.
我像是一顆圖釘
被隨意釘在某張地圖上
我不能睡覺
我沒有辦法呼吸
我醒不來
我夢不到任何東西

27.
我不想要
我的影子離開我
我害怕他會過上一次
比我更好的生活
我不想要
我的愛人離開我
我害怕他會發現沒有我
日子反而更快活

28.
每一次考卷簽名
都要檢查好幾次
害怕自己其實根本就不存在
怎樣的書寫
都是徒勞

29.
每一次下雨
就不敢離開家門
害怕雨水會把自己一滴一滴洗掉
像是褪色的老舊照片
更害怕雨水將我
溶解變成別的東西

30.
身分證是很重要的
如果沒有身分證
我就不能確定
我是不是真正的人

「如果你不喜歡我，我怎麼知道我喜歡我。」

31.
你的痛苦
對別人而言
是不寫實的
你的靈魂破洞
但沒有人看到傷口

32.
你的愛
對別人而言
是不寫實的
一生的份額
竟然不夠給所有人

33.
你的困惑
對別人而言
是不寫實的
一個命題
用一生也無法解開

34.
你的病
對別人而言
是不寫實的
一次跌倒
花上一輩子
也沒有站起來

35.
你消失的時候
是不會有人在意的
你對這個世界來說
並不必要

我恐懼所有令我著迷之物

我害怕我說的話
多不可信
你永遠不知道
我多希望向你靠近
更害怕你知道
但不希望
我再靠近

我害怕很多人
讀了一些詩
都只是經過
那些句子來不及長大
就死掉了
更害怕有些人
盜偽屍骸
真空包裝
大量販售

我害怕總是有
討厭的傢伙
一手就抓光
全部的糖果

我只能撿糖果紙
佯裝自己吃了
好多糖果
更害怕他們
連糖果紙
也不留給我

我害怕我的愛
是身懷利器與寶藏
逃向另一人懷中
更害怕的是
投奔過去
那人卻躲開
沒把我接好

我害怕長大
成長這回事
怎麼會是喜歡的東西
一樣一樣被拿走

更恐怖的是
那麼多大人不疑有他
想不起自己
被拿走過什麼

「在我小時候我總是有一個故事卡在我腦海裡：
有隻熊，走到我面前，打開了自己的拉鍊，流出星星，
海水，糖果。我別無選擇只能愛牠。我擁抱牠，
牠拉開我的拉鍊，我想阻止牠，但那已經
來不及了。我裡面什麼也沒有。」

你是不是害怕有一天他醒來發現你不過是他的一場惡夢？

真正喜歡的東西是不會告訴別人的

我有好多
真的很想告訴你
但不可以告訴
你的事情

我想打開衣櫃
讓你看掛在裡頭
我的骷髏
想脫光衣服
和你相擁

我想善待他人
想要溫柔
想在受傷時
不對暴力渴求

我想要你開心
想讓你霸佔
這世界上最好吃的糖果
想要你的世界
完好無缺
你的回憶
不用自動扭曲
來成全自我

我想要在大家面前跳舞
馬路上尖叫
想要當一個
好的愛人

但是我有
很多黑暗的祕密
像是我住在
和小時候
同一個房裡

我體內
住著一隻
擅長變形的怪物
牠的血聞起來
是真的非常
好吃的糖果

「我想要你喜歡我，喜歡到你不在乎
我想不想被擁抱都擁抱我。
喜歡到你不小心就會把我弄壞。」
這就是問題所在不是嗎？

好希望你看看我那時候的樣子

如果你讀過我的詩
那就好了
不是現在,是那時候的
現在詩還是好的
只是人爛掉了

曾經那麼奮不顧身
只想好好待人
不在乎被不被善待
活在一個小小的房間
不徵求他人允許
只寫想寫的東西

只做想做的事情
開一間雜貨店
不在乎民主
只賣我喜歡的東西
只跟我喜歡的人說話
只開我想開的日期

但如果他是因為你的詩而愛你,
愛了你之後發現你的全部,
不值得那個部分的你呢?

是不是代表他覺得你醜?

「是不是有人就是出現，來修復，或者用很黏的OK蹦把你的傷口貼起來，讓你好像不那麼痛了。有些人就是出現用很甜的蜜把你靈魂的孔隙補好，當然不可能恢復原樣，但至少讓你感覺好像夠完整了。有些人就是出現，讓你感覺你不是自己，知道自己不是地獄，但就離開了，你會不會想如果你們在這個彼此都已經變好的時刻相遇，你們會不會能一起變更好？但是不是有些人就是注定不會留在彼此身邊，是不是有些人的相遇就只是注定接下來的分別？」

不需要人群
不那麼懷疑自己的身體
成天練習消失的本領
有真的真的真的真的真的
他是我專屬的怪物

已經不快樂很久了
不確定是從什麼時候開始的
如果你讀過我
那時候的詩就好了
好希望能和你遇見在那個時候
好希望你能看看
我那時候的樣子

一版後記

維持一個年度出版一本詩集的速度,至今已是第四本,照例收錄五十一首詩,有一首詩,將會收錄於我的第五本詩集裡頭。我喜歡在作品作品之間藏匿許多小徑,讓人自行尋找並且自行交配繁殖生下無數奇怪的小孩。

（哪一首?↓）

我可以隨意列舉我害怕之物——我害怕動物園。害怕油漆掉漆。害怕我不會改變。我害怕老。我害怕蓮藕芋頭海鮮。害怕我愛過的人。我害怕我深信之人對我說謊。害怕人群。我害怕冷水(喜歡游泳但在游泳池中閉上眼睛就會覺得自己要被吸進深海搞不好我就住在鯨魚的胃底)——很多時候寶特瓶並不是寶特瓶而是監獄,有時候監獄是游泳池,大象是長頸鹿,恐懼什麼其形何狀並非關鍵,關鍵在於恐懼背後的東西,那些沒有人能幫你回答的「為什麼」。對於沒有看見怪物的人而言,怪物可能只是隱喻,對親眼看見怪物的人而言則否。

想弄清楚自己究竟為何恐懼,並不見得安全,就像是只要你身穿鎧甲手握寶劍,即便你從來沒打過任何魔物,你也能夠說服別人你是勇者,或許可以和某個人就這樣相守到老。但可惜的是我畢竟是個容易厭煩異思遷先行動才開始思考的傢伙,雖然很想真的就逃到天涯海角,卻連逃避都會倦怠,最後就莫名其妙發現自己已經爬進深淵,看著那麼多的怪物,完全不知道自己究竟在幹嘛。

關於恐懼,我想說的是,雖然面對真相,不見得能夠藉此擁有什麼美好的未來,畢竟世界末日早就來過了,在某一次你沒有得到某個真正想要的東西,或你得到而失去了之後。我們都是活在世界末日之後的人,街道怪物橫行,偽裝成泰

（到此半新↙）

增訂版對潘柏霖來說是新的詩集。

但你只能活在這裡
↑

迪熊小熊維尼小王子或其他任何可愛的東西想趁機吃掉你的未來，身為末日倖存者，我們當然是惶惶度日，人生好難。

很多事情都是困難的，遇到討厭鬼不生氣好難。說話好難。認同好難。溝通好難。好好被愛超難。睡覺好難。吃飽好難。節制超難。作為一個人類，活成一個恰當的人，超難，難到我每天都好害怕──那不代表我們要轉頭離開。

假設有無數個平行宇宙，那代表可能有無數的潘柏霖，或許會有幾個夠聰明，逃到雲深不知處。或許會有那麼一個時空，我和我的小王子還能好好說話。又或許其實我是複製人，正版潘柏霖已經躲到阿里不達列絲星球，躺在沙灘上享受陽光紅茶麻辣鍋冰淇淋和無限薯條──不論是平行時空、複製人、平行時空的複製人、阿里不達人，這些都代表了，至少有一個可能的自己，過著更好、更相對正常的生活。如果你可以相信這個前提，那麼，既然已經至少有某個版本的自己，過著那麼讓人羨慕的正常生活。

我想我們可以不用也那樣過活。

一版後記
2018/01/29
2018/04/23

「我在消費我的大腦，不是在消費我的悲傷。」

增訂版後記

「不要提到我哦。」
「啊?」
「等一下跟徐珮芬的對談啦。」
「喔,不會啦。」

現在你是整本詩集了。

關於這些字,我投了硬幣。
人頭是說謊,數字是實話。
但我不會告訴你我投到哪面。

2021.05.05
真誠計畫⊥